U0113097

清·蒲松齡著

聊齋志異

十三册

黄山書社

聊齋志異卷十三

淄川　蒲松齡　留仙　著
新城　王士正　貽上　評

偷桃

童時赴郡值春節舊例先一日各行商賈彩樓鼓吹赴藩司名曰演春余從友人戲矚是日遊人如堵堂上四官皆赤衣東西相向坐時方稚亦不解其何官但聞人語嚌嘈鼓吹聒耳忽有一人率披髮童荷擔而上似有所白萬聲洶動亦不聞爲何語但視堂上作笑聲即有

青衣人大聲命作劇其人應命方興問作何劇堂上相顧數語吏下宣問所長荅言能顛倒生物吏以白官少頃復下命取桃子術人聲諾解衣覆笥上故作怨狀曰官長殊不了了堅冰未解安所得桃不取又恐爲南面者所怒柰何其子曰父已諾之又焉辭術人惆悵良久乃云我籌之爛熟春初雪積人間何處可覓唯王母園中四時常不凋謝或有之必竊之天上乃可子曰嘻天可階而升乎曰有術在乃啟笥出繩一團約數十丈理其端望空中擲去繩即懸立空際若有物以挂之未幾

愈擲愈高渺入雲中手中繩亦盡乃呼子曰兒來余老憊體重拙不能行得汝一往遂以繩授子曰持此可登子受繩有難色怨曰阿翁亦大憒憒如此一綫之繩欲我附之以登萬仞之高天倘中道斷絕骸骨何存矣父又強喝迫之曰我已失口悔無及煩兒一行兒勿苦倘竊得來必有百金賞當爲兒娶一美婦子乃持索盤旋而上手移足隨如蛛趁絲漸入雲霄不可復見久之墜一桃如盌大術人喜持獻公堂堂上傳視良久亦不知其眞僞忽而繩落地上術人驚曰殆矣上有人斷吾繩

兒將焉託移時一物墮視之其子首也捧而泣曰是必偷桃爲監者所覺吾兒休矣又移時一足落無何肢體紛墮無復存者術人大悲一一拾置笥中而闔之曰老夫止此一兒日從我南北游今承嚴命不意罹此奇慘當負去瘞之乃升堂而跪曰爲桃故殺吾子矣如憐小人而助之葬當結草以圖報耳坐客駭詫各有賜金術人受而纏諸腰乃扣笥而呼曰八八兒不出謝賞將何待忽一蓬頭僮首抵笥蓋而出望北稽首則其子也以其術奇故至今猶記之後聞白蓮教能爲此術意此其

苗蕎耶

口技

村中來一女子年廿有四五攜一藥囊售其醫有問病者女不能自爲方俟暮夜請諸神晚潔斗室閉置其中衆遶門窗傾耳寂聽但竊竊語莫敢欬內外動息俱冥至半更許忽聞簾聲女在內曰九姑來耶一女子荅云來矣又曰臘梅從九姑來耶似一婢荅云來矣三人絮語間雜刺刺不休俄聞簾鉤復動女曰六姑至矣亂言曰春梅亦抱小郎子來耶一女子曰拗哥子嗚之不睡定要從娘子來身如百鈞重負累煞人旋聞女子殷勤聲九姑問訊聲六姑寒暄聲二婢慰勞聲小兒喜笑聲一齊嘈雜即聞女子笑曰小郎君亦大好耍遠迢迢抱貓兒來旣而聲漸疎簾又響滿室俱譁曰四姑來何遲也有一小女子細聲曰路有千里且溢與阿姑走爾許時始至阿姑行且緩遂各各道溫凉並移坐聲喚添坐聲參差並作喧繁滿室食頃始定即聞女子問病九姑以爲宜得參六姑以爲宜得芪四姑以爲宜得朮參酌移時即聞九姑喚筆硯無何折紙戢戢然拔筆擲帽丁

丁然磨墨隆隆然旣而投筆觸几震震作響便聞撮藥包裹蘇蘇然頃之女子推簾呼病者授藥並方反身入室即聞三姑作別三婢作別小兒啞啞貓兒唔唔又一時並起九姑之聲清以越六姑之聲緩以蒼四姑之聲嬌以婉以及三婢之聲各有態響聽之了了可辨羣訝以爲眞神而試其方亦不甚效此即所謂口技特借之以售其術耳然亦奇矣

王心逸云在都偶過市廛聞絃歌聲觀者如堵近窺之一少年曼聲度曲並無樂器惟以一指捺頰際且捺且謳聽之鏗鏗與絃索無異亦口技之苗裔也

王漁洋云頗似王于一集中李一足傳

王蘭

利津王蘭暴病卒閻王覆勘乃鬼卒之悞勾也責送還生則尸已敗鬼懼罪謂王曰人而鬼也則苦鬼而仙也則樂苟樂矣何必生王以爲然鬼曰此處一狐金丹成矣竊其丹吞之則魂不散可以長存但憑所之無不如意子願之否王從之鬼導去入一高第見樓閣渠然而悄無一人有狐在月下仰首望空際氣一呼有丸自口

中出直上入於月中一吸輒復落以口承之則又呼之如是不已鬼潛伺其側俟其吐急掇於手付王吞之狐驚盛氣相向見二人在恐不敵憤恨而去王與鬼別至其家妻子見之咸懼卻走王告以故乃漸集由此在家寢處如平時其友張姓者聞而省之相見話溫涼因謂張曰我與若家夙貧今有術可以致富子能從我遊乎張唯唯曰我能不藥而醫不卜而斷我欲現我形恐識我者相驚以怪附子而行可乎張又唯唯於是卽日趣裝至山西界富室有女得暴疾眩然瞀瞑前後藥禳旣窮張造其廬以術自炫富翁止此女常珍惜之能醫者願以千金爲報張請視之從翁入室見女瞑臥啟其衾撫其體女昏不覺王私告張曰此魂亡也當爲覓之張乃告翁病雖危可救問需何藥俱言不須女公子魂離他所業遣神覓之矣約一時許王忽來具言已得張乃請翁再入又撫之少頃欠伸目遽張翁大喜撫問女言向戲園中見一少年郎挾彈彈雀數人牽駿馬從諸其後急欲奔避橫被阻止少年以弓授兒教兒彈方羞訶之便攜兒馬上累騎而行笑曰我樂與子戲勿羞也數

里入山中我馬上號且罵少年怒推墮路旁欲歸無路
適有一人至捉兒臂疾若馳瞬息至家忽若夢醒翁神
之果貽千金王夜與張謀留二百作路用餘盡攜去欵
門而付其子又命以三百餽張氏乃復還次日與翁別
不見金藏何所益異之厚禮而送之踰數日張於郊外
遇同鄉人賀才才飲博不事生產奇貧如丐聞張得術
獲金無算因奔尋之王勸薄贈令歸才不改故行旬日
蕩盡將復覓張王已知之曰才狂悖不可與處只宜賂
之使去縱禍猶淺踰日才果至強從與俱張曰我固知

汝復來日事酗賭千金何能滿無底竇誠改若所爲我
百金相贈才諾之張瀉授之才去以百金在橐賭益豪
益之狹邪遊揮灑如土邑中捕役疑而執之質於官拷
掠酷慘才實告金所自來乃遣隸押才捉張數日創劇
斃於獄魂不忘張復往依之因與王會一日聚飲於煙
墩才大醉狂呼王止之不聽適巡方御史過聞呼搜之
獲張張懼以實告御史怒笞而牒於神夜夢金甲人告
曰查王蘭無辜而死今爲鬼仙醫亦仁術不可律以妖
魅今奉帝命授爲清道使賀才邪蕩已罰竄鐵圍山張

某無罪當宥之御史醒而異之乃釋張張治裝旋里囊中存數百金敬以半送王家王氏子孫以此致富焉

海公子

東海古跡島有五色耐冬花四時不彫而島中古無居人人亦罕到之登州張生好奇喜游獵聞其佳勝備酒食自棹扁舟而往至則花正繁香聞數里樹有大至十餘圍者反復流連甚慊所好開尊自酌恨無同游忽花中一麗人來紅裳炫目略無倫比見張笑曰妾自謂興致不凡不圖先有同調張驚問何人曰我膠娼也適從

海公子來彼尋勝翺翔妾以艱於步履故留此耳張方苦寂得美人大悅招坐共飲女言詞溫婉蕩人神志張愛好之恐海公子來不得盡歡因挽與亂女忻從之相狎未已忽聞風肅肅草木偃折有聲女急推張起曰海公子至矣張束衣愕顧女已失去旋見一大蛇自叢樹中出粗如巨筩張懼障身大樹後冀蛇不睹蛇近前以身繞人並樹糾纏數匝兩臂直束胯間不可少屈昂其首以舌刺張鼻鼻血下注流地上成窪乃俯就飲之張自分必死忽憶腰中佩荷囊有毒狐藥因以二指夾出

破裹堆掌中又側頸自顧其掌令血滴藥上頃刻盈把蛇果就掌吸飲飲未及盡遽伸其體擺尾若霹靂聲觸樹樹半體崩落蛇臥地如梁而斃矣張亦眩莫能起移時方蘇載蛇而歸大病月餘疑女子亦蛇精也

丁前溪

丁前溪諸城人富有錢穀游俠好義慕郭解之爲人御史行臺按訪之丁亡去至安邱遇雨避身逆旅雨日中不止有少年來館穀豐隆既而昏暮止宿其家莝荳飼畜給食周至問其姓字少年云主人楊姓我其內姪也

主人好交游適他出家惟娘子在貧不能給客幸能垂諒問主人何業則家無貲業惟日設博塲以謀升斗次日雨仍不止供給弗懈至暮剉芻芻束溼頗極參差丁怪之少年曰實告客家貧無以飼畜適娘子撤屋上茅耳丁益異之謂其意在得直天明付之金不受強付少年持入俄出仍以反客云娘子言非業此獵食者主人在外嘗數日不攜一錢客至吾家何遂索償乎丁贊歎而別囑曰我諸城丁某主人歸宜告之暇幸見顧數年無耗值歲大饑楊困甚無所爲計妻漫勸詣丁從之至

諸通姓名於門者丁茫不憶申言始憶之躧履而出揖客入見其衣敝踵決居之溫室設筵相款寵禮異常翌日爲製冠服表裏溫煖楊義之而內顧增憂禍心不能無少望居數日殊不言贈別楊意甚急告丁曰顧不敢隱僕來時米不滿升今過蒙推解固樂妻子如何矣丁曰是無煩慮已代經紀矣幸舒意少留當助資斧走伻招諸博徒使楊坐而乞頭終夜得百金乃送之還歸見室人衣履鮮整小婢侍焉驚問之妻言自君去後次日即有車徒賫送布帛菽粟堆積滿屋云是丁客所贈又婢十指爲妾驅使楊感不自已由此小康不屑舊業矣異史氏曰貧而好客飲博浮蕩者優爲之最異者獨其妻耳受之施而不報豈人也哉然一飯之德不忘丁其有焉

義鼠

楊天一言見二鼠出其一爲蛇所吞其一瞪目如椒似甚恨怒然遙望不敢前蛇果腹蜿蜒入穴方將過半鼠奔來力嚼其尾蛇怒退身出鼠故便捷欻然遁去蛇追不及而返及入穴鼠又來嚼如前狀蛇入則來蛇出則

往如是者久蛇出吐死鼠於地上鼠來嗅之啾啾如悼息銜之而去友人張歷友爲作義鼠行

尸變

陽信某翁者邑之蔡店人村去城五六里父子設臨路店宿行商有車夫數人往來負販輒寓其家一日昏暮四人皆來望門投止則翁家客宿邸滿四人計無復之堅請容納翁沉吟思得一所似恐不當客意客言但求一席厦宇更不敢有所擇時翁有子婦新死停尸室中子出購材木未歸翁以靈所室寂遂穿衢導客往入其

廬燈昏案上後有搭帳衣紙衾覆逝者又觀寢所則複室中有連榻四客奔波頗困甫就枕鼻息漸粗惟一客尚朦朧忽聞靈牀上察察有聲急開目則靈前燈火照視甚了女尸已揭衾起俄而下漸入臥室面淡金色生絹抹額俯近榻前徧吹臥客者三客大懼恐將及已潛引被覆首閉息忍咽以聽之未幾女果吹之如諸客覺出房去即聞紙衾聲出首微窺見僵臥猶初矣客懼甚不敢作聲陰以足踏諸客而諸客絕無少動顧念無計不如著衣以竄裁起振衣而察察之聲又作客懼復伏

縮首衾中覺女復來連續吹數數始去少間聞靈牀作響知其復臥乃從被底漸漸出手得袴遽就著之白足奔出尸亦起似將逐客比其離幃而客已拔關出矣尸馳從之客且奔且號村中人無有警者欲叩主人之門又恐遲爲所及遂望邑城路極力竄去至東郊瞥見蘭若聞木魚聲乃急撾山門道人訝其非常又不即納旋踵尸已至去身盈尺客窘益甚門外有白楊圍四五尺許因以樹自障彼右則左之尸益怒然各寖倦矣尸頓立客汗促氣逆庇樹間尸暴起伸兩臂隔樹探撲之客

驚仆尸捉之不得抱樹而僵道人竊聽良久無聲始漸出見客臥地上燭之死然心下絲絲有動氣負入終夜始甦飲以湯水而問之客具以狀對時晨鐘已盡曉色迷濛道人覘樹上果見僵女大駭報邑宰宰親詣質驗使人拔女手牢不可開審諦之則左右四指並捲如鉤入木沒甲又數人力拔乃得下視指穴如鑿孔然遣役探翁家則以尸亡客斃紛紛正譁役告之故翁乃從往舁尸歸客泣告宰曰身四人出今一人歸此情何以信鄉里宰與之牒齎送以歸

噴水

萊陽宋玉叔先生爲部曹時所僦第甚荒落一夜二婢奉太夫人宿廳上聞院內撲撲有聲如縫工之噴衣者太夫人促婢起穴窗窺視見一老嫗短身駝背白髮如帚冠一髻長二寸許周院環走踈急作鶴狀行且噴水出不窮婢愕返白太夫人亦驚起兩婢扶窗下聚觀之嫗忽逼窗直噴櫺內窗紙破裂三人俱仆而家人不之知也東曦既上家人畢集叩門不應方駭撬扉入見一主二婢駢死一室一婢鬲下猶溫扶灌之移時而醒乃

述所見先生至哀憤欲死細窮沒處掘深三尺餘漸露白髮又掘之得一尸如所見狀面肥腫如生令擊之骨肉皆爛皮內皆清水

王漁洋云玉叔襁褓失恃此事恐屬傳聞之訛

山魈

孫太白嘗言其曾祖肄業於南山柳溝寺麥秋旋里經旬始返啟齋門則案上塵生窗間絲滿命僕糞除至晚始覺清爽可坐乃拂榻陳臥具扃扉就枕月色已滿窗矣輾轉移時萬籟俱寂忽聞風聲隆隆山門豁然作響

竊謂寺僧失扃注念間風聲漸近居廬俄而房門闢矣大疑之思未定聲已入室又有靴聲鏗鏗然漸傍寢門心始怖俄而寢門闢矣急視之一大鬼鞠躬塞入突立榻前殆與梁齊面似老瓜皮色目光睒閃遶屋四顧張巨口如盆齒疎疎長三寸許舌動喉鳴呵喇之聲響連四壁公懼極又念咫尺之地勢無所逃不如因而刺之乃陰抽枕下佩刀遽拔而斫之中腹作石缶聲鬼大怒伸巨爪攫公公少縮鬼攫得衾捽之忿忿而去公隨衾墮伏地號呼家人持火奔集則門閉如故排窗入見狀大駭扶曳登牀始言其故共驗之則衾夾於寢門之隙啟扉檢照見有爪痕如箕五指着處皆穿既明不敢復畱負笈而歸後問僧人無復他異

荍中怪

長山安翁者性喜操農功秋間蕎熟刈堆隴畔時近村有盜稼者因命佃人乘月輦運登場俟其裝載歸而自畱邏守遂枕戈露臥目稍瞑忽聞有人踐蕎根咋咋作響心疑暴客急舉首則一大鬼高丈餘赤髮鬡鬚去身已近大怖不遑他計踴身暴起狠刺之鬼鳴如雷而逝

恐其復來荷戈而歸迎佃人於途告以所見且戒勿往衆未深信越日曝麥於場忽聞空際有聲翁駭曰鬼物來矣乃奔衆亦奔移時復聚翁命多設弓弩以俟之翌日果復來數矢齊發物懼而遁二三日竟不復來麥既登倉禾稭雜還翁命收積爲垜親登而踐實之高至數尺忽遙望駭曰鬼物至矣衆急覓弓矢物已奔公公仆齕其額而去共登視則去額骨如掌昏不知人負至家中遂卒後不復見不知其何怪也

王六郎

許姓家淄之北郭業漁每夜攜酒河上飲且漁飲則酹地祝曰河中溺鬼得飲率以爲常他人漁迄無所獲而許獨滿筐一夕方獨酌有少年來徘徊其側讓之飲慨與同酌既而終夜不獲一魚意頗失少年起曰請於下流爲君毆之遂飄然去少間復返曰魚大至矣果聞唼呷有聲舉網而得數頭皆盈尺喜極申謝欲歸贈以魚不受曰屢叨佳醞區區何足云報如不棄要當以爲常耳許曰方共一息何言屢也如肯永顧誠所甚願但愧無以爲情詢其姓字曰姓王無字相見可呼王六郎遂

別明日許貨魚益沽酒晚至河干少年已先在遂與歡飲飲數杯輒爲許敺魚如是半載忽告許曰拜識淸揚情逾骨肉然相別有日矣語益悽楚驚問之欲言而止者再乃曰情好如吾兩人言之或勿訝耶今將別無妨明告我實鬼也素嗜酒沉醉溺死數年於此矣前君之獲魚獨勝於他人者皆僕之暗敺以報酹奠耳明日業滿當有代者將往投生相聚只今夕故不能無感許初聞甚駭然親狎久不復恐怖因亦欷歔酌而言曰六郎飲此勿慼也相見遽違良足悲惻然業滿劫脫正宜相

賀悲乃不倫遂與暢飲問代者何人曰兄於河畔視之亭午有女子渡河而溺者是也聽村雞既唱灑涕而別明日敬伺河邊以覘其異果有婦人抱嬰兒來及河而墮兒拋岸上揚手擲足而啼婦沉浮者屢矣忽淋淋攀岸以出藉地少息抱兒逕去當婦溺時意良不忍思欲奔救轉念是所以代六郎者故止不救及婦自出疑其言不驗抵暮漁舊處少年復至曰今又聚首且不言別問其故曰女子已相代矣僕憐抱中兒代弟一人遂殘二命故舍之更代不知何期或吾兩人之緣未盡耶許

感歎曰此仁人之心可以通上帝矣由此相聚如初數
日又來告別許疑其復有代者曰非也前一念果感帝
天今授爲招遠縣鄔鎮土地來朝赴任倘不忘故交當
一往探勿憚脩阻許賀曰君正直爲神足慰人心但人
神路隔卽不憚脩阻將復如何少年曰但往勿慮再三
叮嚀而去許歸卽欲治裝東下妻笑曰此去數百里卽
有其地恐土偶不可以共語許不聽竟抵招遠問之居
人果有鄔鎮尋至其處息肩逆旅問祠所在主人驚曰
得毋客姓爲許許曰然何見知又曰得毋客邑爲淄曰

然何見知主人不荅遽出俄而丈夫抱子息女窺門雜
遝而來環如牆堵許益驚衆乃告曰數夜前夢神言淄
川許友當卽來可助以資斧祗候已久許亦異之乃往
祭於祠而祝曰別君後寤寐不去心遠踐曩約又蒙夢
示居人感篆中懷愧無腆物僅有巵酒如不棄當如河
上之飲祝畢焚紙錢俄見風起座後旋轉移時始散夜
夢少年來衣冠楚楚大異平時謝曰遠勞顧問喜淚交
并但在微職不便會面咫尺山河甚愴於懷居人薄有
所贈聊酬夙好歸如有期尚當走送居數日許欲歸衆

爾慇懇朝請暮邀日更數主許堅辭欲行衆乃折柬抱襆爭來致賸不終朝餽遺盈橐蒼頭稚子畢集祖送出村欻有羊角風起隨行十餘里許再拜曰六郎珍重勿勞遠涉君心仁愛自能造福一方無庸故人囑也風盤旋久之乃去村人亦嗟訝而返許歸家稍裕遂不復漁後見招遠人問之其靈驗如響云或言即章邱石坑莊未知孰是

異史氏曰置身青雲無忘貧賤此其所以神也今日車中貴介寧復識戴笠人哉余鄉有林下者家綦貧有童

稚交任肥秩計投之必相周顧竭力辦裝奔涉千里殊失所望瀉囊貨騎始得歸其族弟甚諧作月令嘲之云是月也哥哥至貂帽解傘蓋不張馬化爲驢靴始收聲念此可爲一笑

王漁洋云月令乃東郡耿隱之事

蛇人

東郡某家以弄蛇爲業嘗蓄馴蛇二皆青色其大者呼之大青小者曰二青二青額有赤點尤靈馴盤旋無不如意蛇人愛之異於他蛇期年大青死思補其缺未遑

暇也一夜寄宿山寺既明啟笥二青亦渺蛇人悵恨欲死冥搜亟呼迄無影兆然每值豐林茂草輒縱之去俾得自適尋復還以此故冀其自至坐伺之日既高亦已絕望怏怏遂行出數武聞叢薪錯楚中窸窣作響停趾愕顧則二青來也大喜如獲拱璧息肩路隅蛇亦頓止視其後小蛇從焉撫之曰我以汝爲逝矣小侶而所薦耶出餌飼之兼飼小蛇小蛇雖不去然瑟縮不敢食二青含哺之宛似主人之讓客者蛇人又飼之乃食食已隨二青俱入笥中荷去教之旋折輒中規矩與二青無

少異因名之小青衒技四方獲利無算大抵蛇人之弄蛇也止以二尺爲率大則過重輒便更易緣二青馴故未遽棄又二三年長三尺餘臥則笥爲之滿遂決去之一日至淄邑東山間飼以美餌祝而縱之既去頃之復來蜿蜒笥外蛇人揮曰去之世無百年不散之筵從此隱身大谷必且爲神龍笥中何可以久居也蛇乃去蛇人目送之已而復返揮之不去以首觸笥小青在中亦震震而動蛇人悟曰得毋欲別小青耶乃發笥小青逕出因與交首吐舌似相告語已而委蛇並去方意小青

不返俄而踽踽獨來竟入笥臥由此隨在物色迄無佳者而小青亦漸大不可弄後得一頭亦頗馴然終不如小青良而小青粗於兒臂矣先是二青在山中樵人多見之又數年長數尺圍如盌漸出逐人因而行旅相戒罔敢出其途一日蛇人經其處蛇暴出如風蛇人大怖而奔蛇逐益急回顧已將及矣而視其首朱點儼然始悟爲二青下擔呼曰二青二青蛇頓止昂首久之縱身遶蛇人如昔弄狀覺其意殊不惡但軀巨重不勝其遶仆地呼禱乃釋之又以首觸笥蛇人悟其意開笥出小

青二蛇相見交纏如飴糖狀久之始開蛇人乃祝小青我久欲與汝別今有伴矣謂二青曰原汝引之來可還引之去更囑一言深山不乏食勿擾行人以犯天譴二蛇垂頭似相領受遽起大者前小者後過林木爲之中分蛇人竚立望之不見乃去自此行人如常不知其何往也

異史氏曰蛇蠢然一物耳乃戀戀有故人之意且其從諫也如轉圜獨怪儼然人也者以十年把臂之交數世蒙恩之主輒思下井復投石焉又不然則藥石相投悍

然不顧且怒而讎焉者亦羞此蛇也已

雹神

王公筠蒼莅任楚中擬登龍虎山謁天師及湖甫登舟即有一人駕小艇來使舟中人爲通公見之貌修偉懷中出天師刺曰聞騶從將臨先遣負弩公訝其預知益神之誠意而往天師治具相款其服役者衣冠鬚鬣多不類常人前使者亦侍其側少間向天師細語天師謂公曰此先生同鄉不之識也公問之曰此即世所傳雹神李左車也公愕然改容天師曰適言奉旨雨雹故告辭耳公問何處曰章邱公以接壤關切離席乞免天師曰此上帝玉勅雹有額數何能相徇公哀不已天師垂思良久乃顧而囑曰其多降山谷勿傷禾稼可也又囑貴客在坐文去勿武神去至庭中忽足下生煙氤氲匝地俄延踰刻極力騰起裁高於庭樹又起高於樓閣霹靂一聲向北飛去屋宇震動筵器擺簸公駭曰去乃作雷霆耶天師曰適戒之所以遲遲不然平地一聲便逝去矣公别歸誌其月日遣人問章邱是日果大雨雹溝渠皆滿而田中僅數枚焉

僧孽

張姓暴卒隨鬼使去見冥王王稽簿怒鬼使悞捉責令送歸張下私浼鬼使求觀冥獄鬼導歷九幽刀山劍樹一一指點末至一處有一僧扎股穿繩而倒懸之號痛欲絕近視則其兄也張見之驚哀問何罪至此鬼曰是爲僧廣募金錢悉供淫賭故罰之欲脫其厄須是自懺張既甦疑兄已死時其兄居興福寺因往探之入門便聞其號痛聲入室見瘡生股間膿血崩潰挂足壁上宛冥司倒懸狀駭問其故曰挂之稍可不則痛徹心腑張因告以所見僧大駭乃戒葷酒虔誦經咒半月尋愈遂爲戒僧

異史氏曰鬼獄渺茫惡人每以自解而不知昭昭之禍即冥冥之罰也可勿懼哉

三生

劉孝廉能記前身事與先文貢兄爲同年嘗歷歷言之一世爲縉紳行多玷六十二而沒初見冥王待以鄉先生禮賜坐飲以茶覷冥王琖中茶色清澈已琖中濁如醪暗疑迷魂湯得毋此耶乘冥王他顧以琖就案角瀉

之僞爲盡者俄頃稽前生惡錄怒命羣鬼捽下罰作馬即有厲鬼縶去行至一家門限甚高不可踰方趑趄間鬼力楚之痛甚而蹶自顧則身已在櫪下矣但聞人曰驪馬生駒矣牡也心甚明了但不能言覺大餒不得已就牝馬求乳逾四五年體修偉甚畏撻楚見鞭則懼而逃主人騎必覆障泥緩轡徐徐猶不甚苦惟奴僕圉人不加韉裝以行兩踝夾擊痛徹心腑於是憤甚三日不食遂死至冥司冥王查其罰限未滿責其規避剝其皮革罰爲犬意懊喪不欲行羣鬼亂撻之痛極而竄於野

自念不如死憤投絕壁顛莫能起自顧則身伏竇中牝犬舐而腓字之乃知身已復生於人世矣稍長見便液亦知穢然嗅之而香但立念不食耳爲犬經年常忿欲死又恐其規避而主人又豢養不肯戮乃故齧主人股脫肉主人怒杖殺之冥王鞫狀怒其狂猘笞之數百俾作蛇囚於幽室暗不見天悶甚緣壁而上穴屋而出自視則伏身茂草居然蛇矣遂矢志不殘生類飢吞木實積年餘每思自盡不可害人而死又不可欲求一善死之策而未得也一日臥草中聞車過遽出當路車馳壓

之斷爲兩冥王訝其速至因匍伏自剖冥王以無罪見殺原之准其滿限復爲人是爲劉公公生而能言文章書史過目輒成誦辛酉舉孝廉每勸人乘馬必厚其障泥股夾之刑勝於鞭楚也

異史氏曰毛角之儔乃有王公大人在其中所以然者王公大人之內原未必無毛角者在其中也故賤者爲善如求花而種其樹貴者爲善如已花而培其本種者可大培者可久不然且將負鹽車受羈馬與之爲馬不然且將啗便溺受烹割與之爲犬又不然且將披鱗介葬鶴鸛與之爲蛇

耿十八

新城耿十八病危篤自知不起謂妻曰永訣在旦晚耳我死後嫁守由汝請言所志妻默不語耿固問之且云守固佳嫁亦恒情明言之庸何傷行與子訣子守我心慰子嫁我意斷也妻乃慘然曰家無儋石君在猶不給何以能守耿聞之遽握妻臂作恨聲曰忍哉言已而沒手握不能開妻號家人至兩人扳指力擘之始開耿不自知其死出門見小車十餘兩兩各十人即以方幅書

名字粘車上御人見耿促登車耿視車中人已有九並已而十又視粘單上已名最後車行咋咋響震耳際亦不自知何往俄至一處聞人言曰此思鄉地也聞其名疑之又聞御人偶語云今日剿三人耿又駭及細聽其言悉陰間事乃自悟曰我豈不作鬼物耶頓念家中無復可懸念惟老母臘高妻嫁後缺於奉養念之不覺淚漣又移時見有臺高可數仞游人甚夥囊頭械足之輩嗚咽而下上聞人言爲望鄉臺諸人至此俱踏轅下紛然御人或撻之或止之獨至耿則促令登登數十級始

至顛頂翹首一望則門閭庭院宛在目中但內室隱隱如籠煙霧悽惻不自勝四顧一短衣人立肩下即以姓氏問耿耿具以告其人亦自言爲東海匠人見耿零涕問何事不了於心耿又告之匠人謀與越臺而遁耿懼冥追匠人固言無妨耿又慮臺高傾跌匠人但令從已遂先躍耿果從之及地竟無恙喜無覺者視所乘車猶在臺下二人急奔數武忽自念名字粘車上恐不免執名之追遂反身近車以手指染唾塗去已名始復奔喙口坌息不敢少停少間入里門匠人送諸其室驀睹已

尸醒然而蘇覺之疲躁渴驟呼水家人大駭與之水飲至石餘乃驟起作揖拜狀既而出門拱謝方歸歸則僵臥不轉家人以其行異恐非眞活然漸覘之殊無別異稍稍近問始歷歷言其本末問出門何故曰别匠人也飲水何多曰初爲我飲後乃匠人飲也投之湯羹數日而瘥由此厭薄其妻不復共枕席云

宅妖

謝遷之變宦第皆爲賊窟王學使七襄之宅盜聚尤衆城破兵入掃蕩羣醜尸塡墀血至充門而流公入城扛尸滌血而居往往白晝見鬼夜則牀下燐飛牆角鬼哭一日王生皞廸寄宿公家聞牀底小聲連呼皞廸皞廸已而聲漸大曰我死得苦因而滿庭皆哭公聞仗劍而入大言曰汝不識我王學院耶但聞百聲嗤嗤笑之以鼻公於是設水陸道場命釋道懺度之夜抛鬼飯則見燐火熒熒隨地皆出先是閽人王姓者疾篤昏不知人者數日矣是夕忽欠伸若醒婦以食進王曰適主人不知何事施飯於庭我亦隨衆啗噉食已方歸故不飢耳由此鬼怪遂絕豈鈸鐃鐘鼓瑜伽果有益耶

異史氏曰邪怪之物唯德可以已之當陷城之時王公勢正烜赫聞皆股栗而鬼且揶揄之想鬼物逆知其不令終耶普告天下大人先生出人面猶不可以嚇鬼願無出鬼面以嚇人也

四十千

新城王大司馬有主計僕家稱素封忽夢一人奔入曰汝欠四十千今宜還矣問之不荅徑入內去旣醒妻產男知爲夙孽遂以四十千捆置一室凡兒衣食病藥皆取給焉過三四歲視室中錢僅存七百適乳媼抱兒至

調笑於側因呼之曰四十千將盡汝宜行矣言已兒忽顏色蹙變項折目張再撫之氣已絕矣乃以餘貲治葬具而瘞之此可爲負欠者戒也昔有老而無子者問諸高僧僧曰汝不欠人者人又不欠汝者烏得子蓋生佳兒所以報我之緣生頑兒所以取我之債生者勿喜死者勿悲也

九山王

曹州李姓者邑諸生家素饒而居宅故不甚廣舍後有園數畝荒置之一日有叟來稅屋出直百金李以無屋

甲子翁愕然起敬曰此眞主也李聞大駭以爲妄翁正容固言之李疑信半焉乃曰豈有白手受命而帝者乎翁謂不然自古帝王類多起於匹夫誰是生而天子者生惑之前席而請翁毅然以臥龍自任請先備甲冑數千具弓弩數千事李慮人莫之歸翁曰臣請爲大王連諸山深相訂結使言者謂大王眞天子山中士卒宜必響應李喜遣翁行發藏鏹造兵甲翁數日始還曰借大王威福加臣三寸舌諸山無不願執鞭靮從戲下浹旬之間果歸命者數千人於是拜翁爲軍師建大纛設彩幟若林據山立柵聲勢震動邑令率兵來討翁指揮羣寇大破之令懼告急於兗兗兵遠涉而至翁又伏寇進擊兵大潰將士殺傷者甚衆勢益震黨以萬計因自立爲九山王翁患馬少會都中解馬赴江南遣一旅要路篡取之由是九山王之名大譟加翁爲護國大將軍高臥山巢公然自負以爲黃袍之加指日可俟矣東撫以奪馬故方將進勦又得兗報乃發精兵數千與六道合圍而進軍旅旌旗彌漫山谷九山王大懼召翁謀之則不知所往九山王窘極無術登山而望曰今而知朝廷

之勢大也山破被擒孥戮之始悟翁即老狐蓋以族滅
報李也
異史氏曰夫人擁妻子閉戶科頭何處得殺即殺亦何
由族哉狐之謀亦巧矣而壤無其種者雖溉不生彼其
殺狐之殘方寸已有盜根故狐得長其萌而施之報今
試執途人而告之曰汝爲天子未有不駭而走者明明
導以族滅之爲而猶樂聽之妻子爲戮又何足云然人
之聽匪言也始聞之而怒既而疑又既而信迨至身名
俱隕而始知其誤也大率類此矣

濰水狐

濰邑李氏有別第忽一翁來稅居歲出直金五十諾之
既去無耗李囑家人別租翌日翁至曰租宅已有關說
何欲更僦他人李白所疑翁曰我將久居是所以遲遲
者以涓吉在十日之後耳因先納一歲之直曰終歲空
之勿問也李送出問期翁告之過期數日亦竟渺然及
往覘之則雙扇內閉炊煙起而人聲雜矣訝之投剌往
謁翁趨出逆而入笑語相親既歸遣人饋遺其家翁犒
賜豐隆又數日李設筵邀翁款洽甚歡問其居里以秦

中對李訝其遠翁曰貴鄉福地也秦中不可久居大難將作時方承平置未深問越日翁折柬報居停之禮供帳飲食備極奢麗李益驚疑爲貴官翁以交好因自言爲狐李駭絕逢人輒道邑縉紳聞其異日結駟於門願納交翁翁無不傴僂接見漸而郡官亦時還往獨邑令求通輒辭以故令又託主人先容翁辭李詰其故翁移席近客而私語曰君自不知彼前身爲驢今雖儼然民上乃飲糙亦醉者也僕固異類羞與爲伍李乃托詞告令謂狐畏其神明故不敢見也令信之而罷此康熙十

一年事未幾秦罹兵燹狐能前知信矣

異史氏曰驢之一物龐然也一怒則踶趹嘷嘶眼大於盎氣粗如牛不惟聲難聞狀亦難見倘執束芻而誘之則帖耳戢首喜受羈勒矣以此居民上宜其飲糙而亦醉也願臨民者以驢爲戒而求齒於狐則德自進矣

陝右某公

陝右某公辛丑進士能記前身嘗言前生爲士人中年而死死後見冥王判事鼎鐺油鑊一如世傳殿東隅設數架上搭羊犬牛馬諸皮簿吏呼名或罰作馬或罰作

猪皆裸之於架上取皮被之俄至公聞冥王曰是宜作羊鬼取一白羊皮來捺覆公體吏白是曾拯一人死王檢籍覆視曰免之惡雖多此善可贖鬼又褫其毛革革已粘體不可復動兩鬼提臂按胸力拔之痛苦不可名狀皮片片斷裂不復盡淨旣脫近肩處猶粘羊皮大如掌公旣生背上有羊毛叢生翦去復出

司札吏

遊擊官某妻妾甚多最諱其小字呼年曰歲生曰硬馬曰大驢又諱敗爲勝安爲放雖簡札往來不甚避忌而

家人道之則怒一日司札吏白事悞犯大怒以研擊之立斃三日後醉臥見吏持刺入問何爲吏曰馬子安來拜忽悟其鬼急起拔刀揮之吏微笑擲刺几上泯然而沒取刺視之書云歲家眷硬大驢子放勝暴謬之夫爲鬼揶揄可笑甚已

牛首山一僧自名鐵漢又名鐵屎有詩四十首見者無不絕倒自鏤印章二一曰混帳行子二曰老實潑皮秀才王司直梓其詩名曰牛山四十屁歎云混帳行子老實潑皮放不必讀其詩標名已足解頤

司訓

教官某甚聾而與一狐善狐耳語之亦能聞每見上官亦與狐俱入不知其重聽積五六年狐别而去囑曰君如傀儡非挑弄之則五官俱廢與其以聾取罪不如早自高也某戀祿不能從其言應對屢乖學使欲逐之某又求當道者爲之緩頰一日執事文場唱名畢學使退與諸教官燕坐教官各捫籍靴中呈進關說已而學使笑問貴學何獨無所呈進某茫乎不解近坐者肘之以手入靴示之勢某爲親戚寄賣房中僞器輒藏靴中隨在求售因學使笑語疑索此物鞠躬起對曰有八錢者最佳下官不敢呈進一座匿笑學使叱出之遂免官

異史氏曰平原獨無亦中流之砥柱也學使而求呈進固當奉之以此由是得免冤哉

朱公子青耳錄云東萊一明經遲司訓沂水性顛癡凡同人咸集時皆默勿語遲坐片時不覺五官俱動笑啼並作旁若無人焉者若聞人笑聲則頓止儉鄙自奉積金百餘兩自埋齋房妻子亦不使知一日獨坐忽手足自動少刻云作惡結怨受凍忍飢好容易

積蓄者今在齋房倘有人知覺如何如此再四一門斗在旁殊亦不覺次日遲出門斗入掘取而去過二三日心不自寧發穴驗視則已空空頓足拊膺歎恨欲死教職中可云千態百狀矣

段氏

段瑞環大名之富翁也四十無子妻連氏又最妒欲買妾而不敢私一婢連覺之撻婢數百鬻諸河間欒氏之家段日益老諸姪朝夕乞貸一言不相應怒徵聲色段思不能給其求而欲嗣一姪則羣姪阻撓之連之悍亦無所施始大悔憤曰翁年六十餘安見不能生男遂買兩妾聽夫臨幸之不問居年餘二妾皆有身舉家皆喜於是氣息漸舒凡諸姪有所强取輒惡聲梗拒之無何一妾生女一妾生男而殤夫婦失望漫冀將來而已又年餘段中風不起諸姪益肆牛馬什物競自取去連詬斥之輒反唇相稽無所爲計朝夕嗚哭段由是病益劇尋死諸姪集柩前議析遺產連雖痛切然不能禁止之但留沃墅一所贍養老稚姪輩不肯連曰汝等寸土不留將令老嫗及呱呱者餓死耶日不決惟忿哭自撾忽

有客入弔直趨靈所俯仰盡哀哀已便就苫次衆不知其誰詰之客曰死者吾父也衆益駭客始從容自陳先是婢嫁欒氏踰五六月生子懷欒撫之等諸男十八歲入泮後欒卒諸兄析產置不與諸欒齒懷問母始知其故曰既屬兩姓各有宗祏何必在此乘人百畝田哉乃命駕詣段而段已死言之鑿鑿確可信據連方忿痛聞之大喜直出曰我今亦復有兒諸所假去牛馬什物可好自送還不然有訟興也諸姪相顧無色漸引去懷乃移妻來共居父憂諸段不平共謀逐懷懷知之曰欒不以爲欒段復不以爲段我適安歸乎忿欲質官諸戚黨爲之排解羣謀亦寢而連以牛馬故不肯已懷勸置之連曰我非爲牛馬也雜氣積滿胸汝父以憤死我所以吞聲忍泣者爲無兒耳今有兒何畏哉前事汝不知狀待予自質審懷固止之不聽具詞赴邑宰宰拘諸段口對狀連氣直詞惻吐陳泉湧宰爲動容並懲諸段追物給主既歸其兄弟之子有不與黨謀者招之來以所追物盡散給之連七十餘歲將終呼女及孫媳曰汝等誌之如三十不育便當典質釵珥爲壻納妾無子之情狀

難堪也

異史氏曰連氏雖妒而能疾轉宜天以有後伸其氣也觀其慷慨激發吁亦傑哉

濟南蔣稼其妻毛不育而妒嫂每勸諫之毛不聽曰寧絕嗣不令送眼流猜者忿氣人也年近四旬頗以嗣續爲念欲繼兒子弟與兄言兄諾婦與嫂言嫂亦諾然故悠忽之兒每至叔所夫妻曲意撫兒餌以甘脆而問之曰肯來吾家乎兒亦應之兄私囑兒曰倘再問荅以不肯如問何故不肯荅云待汝死後何愁

田產不爲吾有一日稼遠出行賈兒至其家毛又問之兒果對如父教毛大怒逐兒曰妻孥在家固日日算吾田產耶其計左矣急不能待夫歸立招媒媼爲夫買妾時有賣婢者其直昂傾貲不能取盈勢將不就兒恐其遲焉而悔竊以金付媒媼僞爲媼所轉貸者毛大喜購婢而歸稼既還毛以情告稼亦忿遂與兄絕年餘妾生子夫妻共喜毛曰媼不知假貲何人年餘竟不置問此德不可忘豈子已生尚不償母價耶稼乃囊金詣媼媼笑曰當謝大官人無謝老身矣

身貧如水誰敢貸一金者因以實告稼始悟歸與妻言相爲感泣遂治具邀兄至夫婦皆膝行出金償兄兄不受盡歡而散後稼生三子

狐女

伊兗九江人夜有女來相與寢處心知爲狐而戀其美諱不告人即父母不知也久之形體支離父母始窮其故伊實告之父母大憂使人更代伴寢兼施勅勒卒不能禁翁自與同衾則狐不至易以他人則又至伊問之狐曰世俗符咒何能制我然其有倫理豈有對翁行淫者乎翁聞之益伴子不去狐遂絕後值叛寇橫恣村人盡竄一家相失伊奔入崑崙山四顧荒凉又無同侶日既暮心益㤼恐忽見一女子來謂是避難者急近就之則狐女也離亂之中相見欣慰女曰日已西下勢無復之君姑止此我相佳地暫創一室以避虎狼乃北行數武遂蹲莽中不知何作少刻返握伊南去約十餘步又曳之回忽見大樹千章遶一高亭銅牆鐵柱頂類白金近視則牆可及肩四周並無門戶而牆上密排坎窞女以足踏之而過伊亦從之既入疑金屋非人工可造因

問所自來女笑云君自居明日卽以相贈金鐵各千萬計半生喫著不盡矣旣而告別伊苦留之乃止曰被人厭棄已拚永絕今又不能自堅矣旣醒狐女不知何時已去天明踰垣而出回視臥處並無亭屋惟四針插指環內覆脂合其上大樹則叢荆老棘也

王大

李信邑之博徒也晝臥假寐忽見昔年博友王大馮九來邀與敖戲李亦忘其爲鬼欣然從之旣出王大往約村中周子明馮乃導李先行入村東廟中少頃周果同

王至馮出葉子約與撩零李曰倉卒無博資辜負盛約柰何周亦云然王云燕子谷黃八官人放利債同往貸之宜必諾允於是四人相將俱去飄忽間至一大村村中甲第連亘王指一門曰此黃公子家內一老僕出王告以意僕卽入白旋出奉公子命請王李相會入見公子年十八九巳來笑語藹然便以大錢一提付李曰國知君慤直無妨假貸周子明我不能信也王委曲代爲之請公子要李署保李不肯王從旁慫恿之李乃諾亦授一千而出便以付周具述公子之意以激其必償出

邑宰訟李及周牒下李初醒周尚沉睡狀形類死宰以其誣控笞趙械婦夫妻皆無理以自申越日周醒目旁眶忽變一赤一黑大呼指痛視之筋骨已斷惟皮連之數日尋墮目上墨硃深入肌理見者無不掩笑一日見王大來索負周厲聲但言無錢王忿而去家人問之始知其故共以神鬼無情勸償之周齦齦不可且曰今日官宰皆左袒賴債者陰陽應無二理況賭博債耶次日有二鬼來謂黃公子具呈在邑拘赴質審李信亦見隸來取作干證二人一時並死至村外相見王馮俱在李

謂周曰君尚帶赤黑眼敢見官耶周仍以前言告李知其吝乃曰汝既昧心我請見黃八官人爲汝還之遂共詣公子所李入而告以故公子不可曰負欠者誰而取償於子出以告周因謀出貲假周進之周益忿語侵公子鬼乃拘與俱行無何至邑入見城隍城隍呵曰無賴賊塗眼猶在又賴債耶周曰黃公子出利債誘某博賭遂被懲創城隍喚黃家僕上怒曰汝主人開場誘賭尚討債耶僕曰取貲時公子不知其賭公子家燕子谷捉獲博徒在觀音廟相去十餘里公子從無設局之事城

隍頎周曰取貲悍不還反被捏造人之無良至汝而極欲笞之周又訴其息重城隍曰償幾分矣荅云實尚未有所償城隍怒曰本尚欠而論息耶笞三十立押償主二鬼押至家索賄不令即活縛諸廁內令示夢家人家人焚楮錠二十提火既滅化爲金二兩錢二千周乃以金酬債以錢賂押者遂釋令歸既蘇臀創墳起膿血崩潰數月始痊後趙氏歸不敢復罵而周以四指帶赤黑眼眶如故此以知博徒之非人也

異史氏曰世事之不平皆由爲官者矯枉之過正也昔

日富豪以倍稱之息折奪良家子女人無敢言者不然函刺一投則官以三尺法左袒之故昔之民社官皆爲勢家役耳迨後賢者鑒其弊又悉舉而大反之有舉人重貲作巨商者衣錦厭粱肉家中起樓閣買良沃而竟忘所自來一取償則怒目相向質諸官官則曰我不爲人役也嗚呼是何異懶殘和尚無工夫爲俗人拭涕哉余嘗謂昔之官諂今之官謬諂者固可誅謬者亦可恨放貲而薄其息何嘗專有益於富人乎

張石年宰淄最惡博其塗面游城亦如冥法刑不至

墮指而賭以絕蓄其爲官甚得鉤距法方簿書旁午時每一人上堂公偏暇里居年齒家口生業無不絮絮問之問已始勸勉令去有一人完稅繳單自分無事呈單欲下公止之細問一過曰汝何博也其人力辯生平不解博公笑曰腰中當有博具搜之果然人以爲神並不知其何術

男妾

一官紳在揚州買妾連相數家悉不當意惟一媼寄居賣女女十四五丰姿姣好又善諸藝大悅以重金購得

之至夜入衾膚膩如脂喜捫私處則男子也駭極方致窮詰蓋買好僮加意修飾設局以欺人耳黎旦遣家人奔赴媼所則已遁去無踪中心懊喪進退莫決適浙中同年某來因與告訴某便索觀一見大悅以原金贖之而去

異史氏曰苟遇知音即予以南威不易也何事無知婆子多作一僞境哉

汪可受

湖廣黃梅縣汪可受能記三生一世爲秀才讀書僧寺

僧有牝馬產騾駒愛而奪之後死冥王稽籍怒其貪暴罰使爲騾償寺僧愛護之欲死無間稍長輒思投身溷谷又恐負豢養之恩冥罰尤甚遂安之數年孽滿自斃生一農人家墮蓐能言父母以爲不祥殺之乃生汪秀才家秀才近五旬得男甚喜汪生而了了但憶前生以早言死遂不敢言至三四歲人皆以爲啞一日父方爲文適有友人過訪投筆出應汪入見父作不覺技癢代成之父返見之因問何人來家人啟白無之父大疑次日敬書一題置几上旋出少間卽返躡行竊步而入則見兒伏案間稿已數行忽睹父至不覺出聲跪求免究父喜握手曰吾家止汝一人既能文家門之幸也何自匿爲由是益教之讀少年成進士後官至大同巡撫

王十

高苑民王十負鹽於博興夜爲兩人所獲意爲土商之邏卒也舍鹽欲遁而足苦不前遂就縛固哀之二人曰我非鹽肆中人乃鬼卒也十懼但乞至家一別妻子鬼不許曰此去亦未便至死不過暫役耳十問何事曰冥中新閻羅蒞任見柰河淤平十八獄廁坑俱滿故捉三

種人使淘河小偷私鑄私鹽又一等人使滌厠樂戶也十從入城郭至一官署見閻羅在上方稽名籍鬼上白捉一私販王十至閻羅視之怒曰私鹽者上漏國稅下蠹民生者也若世之暴官奸商所指爲私販者皆天下之良民貧人竭錙銖之本求升斗之息何爲私哉責二鬼罰使市鹽四斗並十所負代運至家留十授以蒺藜骨朶令隨諸鬼督河工鬼引十去至奈河邊見河內人夫繈續如蟻又視河水渾赤近之臭不可聞淘河者皆赤體持畚鍤出沒其中朽骨腐尸盈筐負舁而出深處則滅頂求之惰者輒以骨朶擊背股同監者以香綿丸如巨菽使含口中乃近岸見高苑肆商亦在其中十獨苛遇之入河楚背上岸敲股商懼常沒身水中十乃已經三晝夜河夫半死河工亦竣前二鬼仍送至家醒然而蘇先是十負鹽未歸天明妻啟戶則鹽兩囊置庭中而十久不至使人徧覓之則死途中舁之而歸奄有微息大惑不解其故既醒始言之肆商亦於前日死至是始甦骨朶擊處皆成巨疽渾身腐潰臭不可近十故詣之望見十猶縮首衾中如在奈河狀一年始愈不復爲

商矣

異史氏曰鹽之一道朝廷之所謂私乃不從乎公者也官與商之所謂私乃不從乎其私者也近日齊魯新規土商隨在設肆各限疆域不惟此邑之民不得去之彼邑即此肆之民不得去之彼肆而肆中則潛設餌以釣他邑之民其售於他邑則廉其直而售諸土人則倍其價以昂之而又設邏於道使境內之人皆不得逃吾網其有境內冒他邑以來者法不宥彼此互相釣而越肆假冒之愚民益多一被邏獲則先以刀杖殘其脛股而

後送諸官官則桎梏之是名私鹽嗚呼寃哉漏數萬之稅非私而負升斗之鹽則私之本境售諸他境非私而本境買諸本境則私之寃矣律中鹽法最嚴而獨於貧難軍民背負易食者不之禁今則一切不禁而專殺此貧難軍民且夫貧難軍民妻子嗷嗷上守法而不盜下知恥而不娼不得已而揭十母而求一子使邑盡此民即夜不閉戶可也非天下之良民乎哉彼肆商者不但使之淘柰河直當使滌廁耳而官於春秋節受其斯須之潤遂以三尺法助使殺吾良民然則爲貧民計莫若

爲盜及私鑄耳盜者白晝刼人而官若聾鑄者爐火亘天而官若瞽卽與日淘河尚不至如負販者所得無幾而官刑立至也嗚呼上無慈惠之師而聽奸商之法日變日詭奈何不頓民日生而良民日死哉

故事邑中肆商以如干石鹽貲歲奉邑宰名曰食鹽又逢節序具厚儀商以事謁官官則禮貌之坐與語或茶焉送鹽販至重懲不遑張公石年宰淄肆商來見循舊規但揖不拜公怒曰前令受汝賄故不得不隆汝禮我市鹽而食何物商人敢公堂抗禮乎捋襟將笞商叩頭謝乃釋之後肆中得二負販者其一逃去其一被執至官公問販者二人其一焉往販者云奔去矣公曰汝股病不能奔耶曰能奔公曰旣被捉必不能奔果能可起試奔驗汝能否其人奔數步欲止公曰大奔勿止其人疾奔竟出公門而去見者皆笑公愛民之事不一此其閒情邑人猶樂誦之

二班

殷元禮雲南人善針灸之術遇寇亂竄入深山日旣暮村舍尚遠懼遭虎狼遥見前途有兩人疾趁之旣至兩

人問客誰何殷乃自陳族貫兩人拱敬曰是良醫殷先生耶仰山斗久矣殷轉詰之二人自言班姓一爲班爪一爲班牙便謂先生余亦避難石室幸可棲宿敢屈玉趾且有所求殷喜從之俄至一處室傍巖谷爇柴代燭始見二班容軀威猛似非良善計無所之卽亦聽之又聞榻上呻吟細審則一老嫗偃臥似有所苦問何恙牙曰以此故敬求先生乃束火照榻殷逼視見鼻下口角有兩贅瘤皆大如碗且云痛不可觸妨碍飲食殷曰易耳出艾團之爲灸數十壯曰隔夜愈矣二班喜燒鹿餉

客並無酒飯惟肉一品爪曰倉卒不知客至望勿以輶褻爲怪殷飽餐而眠枕以石塊二班雖誠樸而粗莽可懼殷轉側不敢熟眠天未明便呼嫗問所患嫗初醒自捫則瘤破爲創殷促二班起以火就照敷以藥屑曰愈矣拱手遂別班又以燒鹿一肘贈之後三年無耗殷適以故入山遇二狼當道阻不得行日既西狼又羣至前後受敵狼撲之仆數狼爭齧衣盡碎自分已死忽兩虎驟至諸狼四散虎怒大吼狼懼盡伏虎悉撲殺之竟去殷狼狽而行懼無投止遇一媼來睹其狀曰殷先生喫

苦矣殷戚然訴狀問何見識媪曰余卽石室中治瘤之病媪也殷始恍然便求寄宿媪引去入一院落燈火已張曰老身伺先生久矣遂出袍袴易其敝敗羅漿具酒酬勸諄切媪亦以陶椀自酌談飲俱豪不類巾幗殷問前日兩男子係老姥何人胡以不見荅云兩兒遣逆先生尚未歸復必迷途矣殷感其義縱飲不覺沉醉酣眠座間既醒已曙四顧竟無屋廬孤坐巖石上聞巖下喘息如牛近視則老虎方睡未醒喙間有二瘢痕皆大如拳駭極潛蹤而遁始悟二虎卽二班也

募緣

青蛙神往往托諸巫以爲言巫能察神嗔喜告諸信士曰喜矣福則至怒矣婦子坐愁歎有廢餐者流俗然哉抑神實靈非盡妄也有富賈周某性吝嗇會居人歛金修關聖祠貧富皆與有力獨周一毛所不肯拔久之工不就首事者無所爲謀適衆賽蛙神巫忽言周將軍倉命小神司募政其取簿籍來衆從之巫曰已捐者不復强未捐者量力自註衆唯唯敬聽各註已巫視曰周某在此否周方涀跡其後惟恐神知聞之失色次且而前

巫指籍曰註金百周益窘巫怒曰淫債尚酬二百况好事耶蓋周私一婦爲夫掩執以金二百自贖故訐之也周益慚懼不得已如命註之既歸告妻妻曰此巫之詐耳巫屢索卒弗與一日方晝寢忽聞門外如牛喘視之則一巨蛙室門僅容其身步履蹇緩塞兩扉而入既入轉身臥以閾承頷舉家盡驚周曰必討募金也焚香而祝願先納三十其餘以次賫送蛙不動請納五十身忽一縮小尺許又加二十益縮如斗請全納縮如拳從容出入牆罅而去周急以五十金送監造所人皆異之周

亦不言其故積數日巫又言周某欠金五十何不催併周聞之懼又送十金意將以此完結一日夫婦方食蛙又至如前狀目作努少間登其牀牀搖撼欲傾加喙於枕而眠腹隆起如臥牛四隅皆滿周懼卽完百數與之驗之仍不少動半日間小蛙漸集次日益多穴倉登榻無處不至大於椀者升竈啜蠅糜爛釜中以致穢不可食至三日庭中蠢蠢更無隙處一家皇駭不知計之所出不得已請教於巫巫曰此必少之也遂祝之益以廿金首始舉又益之起一足直至百金四足盡起下牀出

門狠犺數步復反身臥門內周懼問巫巫揣其意欲周即解囊周無奈如數付巫蛙乃行數步外身暴縮雜衆蛙中不可辨認紛紛然亦漸散矣祠既成開光祭賽更有所需巫忽指首事者曰某宜出如干數共十五人止遺二人衆祝曰吾等與某某已同捐過巫曰我不以貧富爲有無但以汝等所侵漁之數爲多寡此等金錢不可自肥恐有橫災非禍念汝等首事勤勞故代汝消之也除某某廉正無所苟且外即我家巫我亦不少私之便令先出以爲衆倡即奔入家搜括箱櫝妻問之亦不

答盡卷囊蓄而出告衆曰某私尅銀八兩今使傾橐與衆共衡之秤得六兩餘使人誌其欠數衆愕然不敢置辯悉如數內入巫過此茫不自知或告之大慙質衣以盈之惟二人虧其數事既畢一人病月餘一人患疔瘇醫藥之費浮於所欠人以爲私尅之報云

異史氏曰老蛙司募無不可爲善之人其勝刺釘拖索者不既多乎又發監守之盜而消其災則其現威猛正其行慈悲也

馮木匠

撫軍周有德改創故藩邸爲部院衙署時方鳩工有木作匠馮明寰直宿其中夜方就寢忽見紙窗半開月明如晝遙望短垣上立一紅雞注目間雞已飛搶至地俄一少女露半身來相窺馮疑爲同輩所私靜聽之衆已熟眠私心怔忡竊望其悞投也少間女果越窗過徑入己懷馮喜默不一言歡畢女亦遂去自此夜夜至初猶自隱後遂明告女曰我非悞就敬相投耳兩人情日密既而工滿馮欲歸女已候於曠野馮所居村離郡固不甚遠女遂從去既入室家人皆莫之睹馮始知其非人迨數月精神漸減心益懼延師鎮驅卒無少驗一夜女艷妝來向馮曰世緣俱有定數當來推不去當去亦挽不住今與子別矣遂去

乩仙

章邱米步雲善以乩卜每同人雅集輒召仙相與賡和一日友人見天上微雲得句請其屬對曰羊脂白玉天乩書云問城南老董衆疑其不能對故妄言之後以故偶適城南至一處土如丹砂異之有一叟牧豕其側因問之叟曰此俗呼猪血紅泥地也忽憶乩詞大駭問其

姓荅云我老董也屬對不奇而預知過城南之必遇老董斯亦神矣

泥書生

羅村有陳代者少蠢陋娶妻某氏頗麗自以壻不如人鬱鬱不得志然貞潔自持婆媳亦相安一夕獨宿忽聞風動扉開一書生入脫衣巾就婦共寢婦駭懼苦相拒而肌骨頓耎聽其狎褻而去自是恒無虛夕月餘形容枯瘁母怪問之初慚怍不欲言固問始以情告母駭曰此妖也百術爲之禁咒終亦不能絕乃使代伏匿室中

操杖以伺夜分書生果復來置冠几上又脫袍服搭椸枷間纔欲登榻忽驚曰咄咄有生人氣急復披衣代暗中暴起擊中腰脇塔然作聲四壁張顧書生已渺束薪爇照泥衣一片墜地上案頭泥巾猶存

寒償債

李公著明慷慨好施鄉人某傭居公室其人少游惰不能操農業家窶貧然小有技能常爲役務每賚之厚時無晨炊向公哀乞公輒給以升斗一日告公曰小人日受厚恤三四口幸不殍餓然曷可以久乞主人貸我菽

豆一石作資本公許然授之負去年餘一無所償及問之豆貲已蕩然矣公憐其貧亦置不索公讀書於蕭寺後三年餘忽夢某來曰小人負主人豆直今來投償公慰之曰若索爾償則平日所負欠者何可數算某愀然曰固然凡人有所爲而受千金可不報也若無端受人資助升斗且不容昧况其多哉言已竟去公愈疑旣而衆人白公夜牝驢産一駒且脩偉公忽悟曰得毋駒爲某耶越數日歸見駒戲呼某名駒奔赴如有知識自此遂以爲名公乘赴青州衡府内監見而悅之願以重價

購之議直未定適公以家急務不及待遂歸又逾歲駒與雄馬同櫪齕折脛骨不可療有牛醫至公家見之謂公曰乞以駒付小人朝夕療養需以歲月萬一得痊得値與公剖分之公如所請後數月牛醫售驢得錢千八百以半獻公公受錢頓悟其數適符豆價也噫昭昭之債而冥冥之償此足以勸矣

驅怪

長山徐遠公故明諸生也鼎革後棄儒訪道稍稍學勅勒之術遠近多耳其名某邑一鉅公具幣致誠款書招

之以騎徐問召某何意僕辭以不知但囑小人務屈臨降耳徐乃行至則中庭宴饌禮遇甚恭然終不道其所以致迎之旨徐不耐因問曰實欲何爲幸祛疑抱主人輒言無他也但勸盃酒言辭閃爍殊所不解話言之間不覺向暮邀徐飲園中園構造頗佳勝而竹樹蒙翳景物陰森雜花叢叢半沒草萊中抵一閣覆板上懸蛛錯綴大小上下不可以數酒數行天色曛暗命燭復飲徐辭不勝酒主人即罷酒呼茶諸僕倉皇撤殽器盡納閣之左室几上茶啜未半主人托故竟去僕人便持燭引

宿左室燭置案上遽返身去頗甚草草徐疑或攜襆被來伴久之人聲殊杳即自起扃戶寢窗外皎月入室侵牀夜鳥秋蟲一時啾唧心中怛然不成夢寢頃之板上橐橐似踏蹴聲甚厲俄下護梯俄近寢門徐駭毛髮蝟立急引被覆首而門已豁然頓開徐展被角微伺之則一物獸首人身毛周其體長如馬鬐深黑色牙粲羣峯目炯雙炬及几伏餂器中剩肴舌一過連數器輒淨如掃已而趨近榻嗅徐被徐驟起翻被冪怪頭按之狂喊怪出不意驚脫啟外戶竄去徐披衣起遁則園門外扃

不可得出緣牆而走擇短垣踰則主人馬廐也廐人驚徐告以故即就乞宿將旦主人使伺徐失所在大駭已而得之廐中徐出大恨怒曰我不慣作驅怪術君遣我又秘不一言我橐中蓄如意鉤一又不送達寢所是死我也主人謝曰擬即相告慮君難之初亦不知橐有藏鉤幸有十死徐終怏怏索騎歸自是而怪遂絕主人宴集園中輒笑向客曰我不忘徐生功也

異史氏曰黃狸黑狸得鼠者雄此非空言也假令翻被狂喊之後隱其所駭懼而公然以怪之遁爲已能天下必將謂徐生眞神人不可及

秦生

萊州秦生製藥酒悞投毒味未忍傾棄封而置之積年餘夜適思飲而無所得酒忽憶所藏啟封嗅之芳烈噴溢腸痒涎流不可制止取琖將嘗妻苦勸諫生笑曰快飲而死勝於饞渴而死多矣一琖旣盡倒瓶再斟妻趣碎瓶滿屋流溢生伏地而牛飲之少時腹痛口噤中夜而卒妻號泣爲備棺木行入殮矣次夜忽有美人入身長不滿三尺逕就靈寢以甌水灌之豁然頓甦叩而詰

之曰我狐仙也適丈夫入陳家竊酒醉死往救而歸偶過君家悲憐君子與已同病故使妾以餘藥活之也言訖不見

余友人邱行素貢士嗜飲一夜思酒而無可行沽輾轉不可復忍因思代之以醋謀諸婦婦嗤之邱固強之乃煨醯以進壺既盡始解衣甘寢次日夫人竭壺酒之資遣僕代沽道遇伯弟襄宸詰知其故固疑嫂不肯爲兄謀酒僕言夫人云家中蓄醋無多昨夜已盡其半恐再一壺則醋根斷矣聞者皆笑之不知酒興初濃卽毒藥猶甘之況醋乎亦可以傳矣

局詐

某御史家人偶立市間有一人衣冠華好近與扳談漸問主人姓字及審官閥家人並告之其人自言王姓貴主家之內使也語漸款洽因曰宦途險惡顯者皆附於貴戚之門尊主人所托何人也笑言無之王曰此所謂惜小費而忘大禍者也家人曰何托而可王曰公主待人以禮又能覆翼人某侍郎亦僕階進倘不惜千金贄引見公主當亦非難家人喜問其居止便指其門戶曰

日同巷不知耶家人歸告侍御侍御喜卽張盛筵使家人往邀王王欣然來筵閒道公主情性及起居瑣事甚悉且言非同巷之誼卽賜百金賞不肯効牛馬御史益佩戴之臨別訂約公但備物僕乘閒言之旦晚當有以報命越數日始至騎駿馬甚都謂御史曰可速治裝行公主事大煩投謁者踵日相接自晨及夕常不得一間今得少隙宜急往候則相見無期矣御史乃出兼金重幣從之去曲折十餘里始至公主第下騎祗候王先持贄入久之出宣言公主召某御史卽有數人接遞傳

呼侍御傴僂入見高堂上坐麗人姿貌如仙服飾炳耀侍姬皆着錦繡羅列成行侍御伏謁盡禮傳命賜坐簷下金椀進茗主畧致溫旨侍御肅而退自內傳賜緞靴貂帽既歸深德王持刺謁謝則門闔無人疑其侍主未歸三日三詣終不復見使人詢諸貴主之門則高扉扃錮訪之居人竝言此閒曾無貴主前有數人僦屋而居今去已三日矣使反命主僕喪氣而已

又

副將軍某負貲入都將圖握篆苦無階一日有裘馬者

謁之自言內兄爲天子近侍茶已請閒云目下有某處將軍缺倘不吝重金僕囑內兄游揚聖主之前此任可致大力者不能奪也某疑其唐突涉妄其人曰此無須踟躕某不過欲抽小數於內兄於將軍錙銖無所望言定如干數署券爲信待召見後方求實給不效則汝金尚在誰將就懷中而攫之耶某乃喜諾之次日復來引某去見其內兄云姓田煊赫如侯家某參謁殊傲睨不甚爲禮其人持券向某曰適與內兄議計非萬金不可請即署尾某從之田曰人心叵測事後慮有翻覆其人笑曰兄慮之過矣既能予之寧不能奪之耶且朝中將相有願納交而不可得者將軍前程方遠應不喪心至此某亦力矢而去其人送之曰三日即覆公命逾兩日日方夕數人吼奔而入曰聖上坐待矣某驚甚疾趨入朝見天子坐殿上爪牙森立某拜舞已上命賜坐慰問殷勤顧左右曰聞某武烈非常今見之眞將軍才也因曰某處險要地今以委卿勿負朕意侯封有日耳某拜恩出即有前日裘馬者從至客邸依券對付而去於是高枕待授日詫榮於親友過數日探訪之則前缺已有

人矣大怒忿爭於兵部之堂曰某承帝簡何得授之他人司馬怪之及述所遇半如夢境司馬怒執下廷尉始供其引見者之姓名則朝中並無此人又耗萬金始得革職而去異哉武弁雖騃豈朝門亦可假耶疑其中有幻術存焉所謂大盜不操矛弧者也

又

李生嘉祥人善琴偶適東郊見工人掘土得古琴遂以賤直得之拭之有異光安絃而操清烈非常喜極若獲拱璧貯以錦囊藏之密室雖至戚不以示也邑丞程氏

新蒞任投刺謁李李故寡交游而以其先施故報之過數日又招飲固請乃往程爲人風雅絕俗論議瀟灑李悅焉越日折柬酬之懽笑益洽由是月夕花晨未嘗不相共也年餘偶於程廨中見繡囊裹琴置几上李便展玩程問亦諳此否李言非所長而生平好之程訝曰知交非一日絕技胡不一聞撥爐爇沉香請爲小奏李敬如教程曰大高手願獻薄技勿笑小巫也遂鼓御風曲其聲泠泠有絕世出塵之意李更傾倒願師事之自此二人以琴交情分益篤年餘盡傳其技然程每詣李李

亦以常琴供之未肯洩所藏也一夕薄醉丞曰某新肄一曲無亦願聞之乎爲奏湘妃幽怨若泣李亟贊之丞曰所恨無良琴若得良琴音調益勝李忻然曰僕蓄一琴頗異凡品今遇鍾期何敢終秘乃啟櫝負囊而出程以袍袂拂塵憑几再鼓剛柔應節工妙入神李聞之擊節不置丞曰區區拙技負此良琴若得荊人一奏當有一兩聲可聽者李驚曰公閨中亦精之耶丞笑曰適此操乃傳自細君者李曰恨在閨閣小生不及聞耳丞曰我輩通家原不以形迹相限明日請攜琴去當使隔簾

爲君奏之李悅次日抱琴而往程即治具懽飲少間將琴入旋出即坐俄見簾內隱隱有麗妝頃之香流戶外又少時絃聲細作聽之不知何曲但覺蕩心媚骨令人魂魄飛越曲終便來窺簾竟廿餘絕代之姝也丞以巨白勸釂內復改絃爲閑情之賦李神形並惑傾飲過醉離席興辭索琴丞曰醉後妨有蹉跌請明日復臨當令閨人盡其所長李乃歸次日詣之則廨舍寂然惟一老隸應門問之云五更攜眷去不知何作言往復可三日耳如期往伺之日既暮並無音耗吏皁皆疑以白令破

扃而窺其室室盡空惟几榻猶存耳蓬之上臺並不測其何說李喪琴寢食俱廢不遠數千里訪諸其家程故楚産三年前以捐貲授嘉祥執其姓名詢其居里楚中並無其人或言有道士程姓者善鼓琴又傳其有點金之術三年前忽去不復見疑即其人又細審年甲容貌脗合不謬乃知道士之納官皆爲琴也知交年餘並不言及音律漸而出琴漸而獻技又漸而惑以佳麗浸漬三年得琴而去道士之癖更甚於李生也天下之騙機多端若道士猶騙中之風雅者也

曹操塚

許城外有河水洶湧近崖深黯盛夏時有人入浴忽然若被刀斧尸斷浮出後一人亦如之轉相驚怪邑宰聞之遣多人閘斷上流竭其水見崖下有深洞中置轉輪上排利刃如霜去輪攻入有小碑字皆漢篆細視之則曹孟德墓也破棺散骨所殉金寶盡取之

異史氏曰後賢詩云盡掘七十二疑塚必有一塚葬君尸寧知竟在七十二塚之外乎奸哉瞞也然千餘年而朽骨不保變詐亦復何益嗚呼瞞之智正瞞之愚耳

罵鴨

邑西白家莊居民某盜鄰鴨烹之至夜覺膚癢天明視之茸生鴨毛觸之則痛大懼無術可醫夜夢一人告之曰汝病乃天罰須得失者罵毛乃可落而鄰翁素雅量生平失物未嘗徵於聲色某詭告翁曰鴨乃某甲所盜彼深畏罵罵之亦可警將來翁笑曰誰有閒氣罵惡人卒不罵某益窘因實告鄰翁翁乃罵其病良已

異史氏曰甚矣攘者之可懼也一攘而鴨毛生甚矣罵者之宜戒也一罵而盜罪減然爲善有術彼鄰翁者是以罵行其慈者也

人妖

馬生萬寶者東昌人疎狂不羈妻田氏亦放誕風流伉儷甚敦有女子來寄居鄰人寡媪家言爲翁姑所虐暫出亡其縫紉絕巧便爲媪操作媪喜而留之踰數日自言能於宵分按摩愈女子瘵蠱媪常至生家游揚其術田亦未嘗著意生一日於牆隙窺見女年十八九已來頗風格心竊好之私與妻謀托疾以招之媪先來就榻撫問已言蒙娘子招便將來但渠畏見男子請勿以郎

君入妻曰家中無廣舍渠儂時復出入可復奈何已又沉思曰晩間西村阿舅家招渠飲即囑令勿歸亦大易媪諾而去妻與生用拔趙幟易漢幟計笑而行之日曛黑媪引女子至曰郎君晩回家否田曰不回矣女子喜曰如此方好數語媪別去田便燃燭展衾讓女先上牀已亦脫衣隱燭忽曰幾忘卻廚舍門未關防狗子偷喫也便下牀啟門易生生悉窣入上牀與女共枕臥女顫聲曰我爲娘子醫淸恙也閒以昵辭生不語女卽撫生腹漸至臍下停手不摩遽探其私觸腕崩騰女驚怖之

狀不啻愰捉蛇蝎急起欲遁生沮之以手入其股際則擂垂盈掬亦偉器也大駭呼火生妻謂事決裂急燃燈至欲爲調停則見女投地乞命羞懼趨出生詰之云是谷城人王二喜以兄大喜爲桑沖門人因得轉傳其術又問玷幾人矣曰身出行道不久祇得十六人耳生以其行可誅思欲告郡而憐其美遂反接而宮之血溢隕絕食頃復甦臥之榻覆之衾而囑曰我以藥醫汝創痏平從我終焉可也不然事發不赦王諾之明日媪來生紿之曰伊是我表姪女王二姐也以天閹爲夫家所逐

夜爲我家言其由始知之忽小不康將爲市藥餌兼請
諸其家留與荆人作伴媪入室視王見其面色敗如塵
土卽榻問之曰隱所暴腫恐是惡疽媪信之去生餌以
湯糝以散日就平復夜輒引與狎處早起則爲田提汲
補綴灑掃執炊如媵婢然居無何桑冲伏誅同惡者七
人並棄市惟二喜漏網檄各屬嚴緝村人竊共疑之集
村媪隔裳而探其隱羣疑乃釋王自是德生遂從馬以
終焉後卒卽葬府西馬氏墓側今依稀在焉
異史氏曰馬萬寶可云善於用人者矣兒童喜蝂可把
玩而又畏其鉗因斷其鉗而畜之嗚呼苟得此意以治
天下可也

韋公子

韋公子咸陽世家放縱好淫婢婦有色無不私者嘗載
金數千欲盡覽天下名妓凡繁麗之區罔不至其不甚
好者信宿卽去當意則作數月留叔父某以名宦休致
歸聞其行怒之延明師置別業使與諸公子鍵戶讀公
子夜同師寢踰垣而歸遲明而返以爲常一夜失足折
肱師始知之告公公怒不之惜益施夏楚俾不能返而

後藥之月餘漸愈公與之約能讀倍諸弟文字佳出勿禁私逸者撻如前而公子最慧讀常過程如此數年中鄉榜欲自敗約而公猶箝制之赴都以老僕從授日記籍使誌其言動故數年無過行後成進士公乃稍弛其禁而公子或將有作惟恐公聞入曲中輒托姓魏一日過西安見優僮羅惠卿年十六七秀麗如好女悅之夜留繾綣贈貽豐隆聞其新娶婦尤韻妙益觸所好私示意惠卿惠卿無難色至夜攜婦至果少好遂三人共一榻留數日眷愛臻至謀與俱歸問其家口答云母早喪惟父存耳某原非羅姓母少服役於咸陽韋氏賣至羅家四月生余倘得從公子去亦可察其耗問公子驚問母何姓答姓呂駭極汗下浹體蓋其母卽生家婢也生無言天明厚贈之勸令改業僞托他適約歸時召致之遂別而去後令蘇州某邑有樂妓沈韋娘雅麗絕倫心好之潛留與狎戲曰卿小字取春風一曲杜韋娘耶答曰非也妾母十七爲名妓有咸陽公子與君倏同姓留三月訂盟婚娶公子去八月生妾因名韋實妾姓也公子臨別時贈黃金鴛鴦今尚在一去竟無耗妾母以

是憤悒死妾三歲受撫於沈媪故從其姓公子聞其言愧恨無以自容默移時頓生一策忽起挑燈喚韋娘飲藏有酖毒暗置杯中韋娘纔下咽潰亂呻嘶衆集視則已斃矣呼優人至付以尸重賂之而韋娘所與交好者盡勢家聞之不解其故悉不平共賄激優人使訟於上官公子懼瀉橐彌縫卒以浮躁免官歸家年三十八頗悔前行妻妾五六人皆無子欲繼叔父公之孫公以其門無內行恐習氣染兒雖諾嗣之但待其老而後歸之公子憤欲往招公聞之歎曰是殆將死矣乃以次子之

子遂詣其家使定省之月餘尋卒

異史氏曰盜婢私娼其流弊殆不可問然以己之骨血而謂他人父亦已羞矣而鬼神又侮弄之誘使自食其餘尚不自剖其心自刎其首而徒流汗投鵜非人頭而畜鳴者耶

杜小雷

杜小雷益都之西山人母雙盲杜事之孝家雖貧無日不甘旨奉之一日將他適市肉付妻令作餺飥妻最忤逆切肉時雜蜣螂其中母覺臭惡不可食藏以待子杜

歸問餺飥美乎毋搖首出以示之杜裂視見蟯蝦怒甚入室欲撻妻又恐毋聞之上榻籌思妻問之亦不語妻自氣餒徬徨榻下久之喘息有聲杜叱曰不睡待敲朴耶亦竟寂然起而燭之妻不知何往但見一豕細視則兩足猶人始知爲妻所化邑宰聞之縶去使遊四門以戒來者談薇臣曾親見之

古瓶

邑北村中井涸村人某甲乙縋入淘之掘尺餘得髑髏悞破之口含黃金喜納腰橐復掘又得髑髏六七枚冀得含金悉破之而一無所有惟旁有磁瓶二銅器一器大可合抱重數十斤側有雙環不知何用斑駁陸離瓶亦古非近款旣出井甲乙皆死移時乙蘇曰我乃漢人遭新莽之亂全家投井中適有少金因內口中實非含斂之物人人都有也奈何徧碎頭顱情殊可恨衆香楮祝之許爲殯葬乙乃愈甲不能復生也顏鎭孫生聞其異購銅器而去瓶一入袁孝廉宣四家可驗陰晴見有一點潤處初如粟米漸潤漸滿未幾而雨至潤退則雲亦開其一入張秀才家用志朔望朔則黑點起如豆與